CUENTOS CRISTIANOS

RL
Producciones literarias

Referencias bíblicas

Prefacio

¿Qué es la vida cristiana?

¿Cómo ella realmente ocurre en el día a día?

¿Cómo saber si lo que estamos haciendo está de acuerdo con los mandamientos de Jesús?

¿Cómo saber si somos buenos cristianos?

Son preguntas muy difíciles de ser contestadas. A veces, pensamos estar haciendo lo mejor, sin embargo, ¿será lo mejor para Jesús?

Jesús no nos viene a confrontar directamente, pues no podríamos responder a Él. Sin embargo, Él dejó su palabra para poder consultarla.

Y si estuviéremos dispuestos a comprender y obedecer, ella nos llevará al camino correcto.

Tabla de contenidos

El tribunal de Cristo

Porque es necesario que todos comparezcamos ante el tribunal de Cristo, para que cada uno reciba lo que le corresponda, según lo bueno o malo que haya hecho mientras vivió en el cuerpo. (2 Corintios 5:10)

Ha llegado el día del Juicio Final, el día en el cual todos deben comparecer ante Jesús, para que Él examine las obras de cada uno de nosotros.

En la entrada del tribunal, había dos personas, Pablo y Dionisio.

El primero tiene nombre de misionero y predicador, venido de una familia cristiana, siempre estaba involucrado con la iglesia, sin embargo, su envolvimiento no era de corazón, él hacía todo como que por una obligación con sus padres. Con el pasar de los años, se alejaba cada vez más de las actividades de la iglesia, iba a los servicios cada quince días, o una vez al mes. El distanciamiento no era por razones de trabajo ni estudio, era por pereza y desánimo. Cualquier cosa era motivo para no ir a la iglesia, aun la lluvia o el calor. Al contrario del apóstol, este Pablo no predicaba para nadie ni ayunaba, oraba poco o casi nada, no ayudaba a nadie en nada. Él siempre pensaba que el hecho de ser un cristiano de domingo[1] era lo suficiente para su vida.

---

[1] Entre los cristianos, esta expresión indica que una persona solo acude a la iglesia y participa en los domingos (día del servicio principal), y esta persona no hace nada más relacionado con la vida cristiana.

Dionisio tenía el nombre de un dios de la mitología griega. Su vida siempre fue muy complicada. Su padre era un alcohólico, su madre una fumante compulsiva. Cuando era adolescente, Dionisio conoció el Evangelio y siempre oró y buscó incesantemente la conversión de su familia. Con el tiempo, su padre, madre y hermanos se convirtieron al Evangelio. Dionisio siempre fue muy esforzado en predicar el Evangelio, él era un testigo vivo del poder de transformación de la Palabra de Dios. Él participaba en la iglesia como diácono, evangelista en las calles y cualquier otra actividad que la iglesia necesitase. Él estaba siempre dispuesto a ayudar a todos que necesitaban. Solo durante el período de la facultad Dionisio se alejó parcialmente de algunas actividades en la iglesia. Ahora ambos están ante el tribunal de Cristo y cada uno va a ser juzgado según sus hechos.

Ellos están sentados esperando la llegada de Cristo para juzgarlos.

Dionisio tenía la misma apariencia de cuando era un joven adulto, blanco bronceado, delgado, altura mediana, pelo corto negro y ojos marrones claros.

Pablo también tenía la misma apariencia de cuando era un joven adulto, moreno oscuro, delgado, altura mediana, pelo corto negro casi rapado y ojos marrones oscuros.

Jesús entra en la sala e inmediatamente Dionisio se echa al suelo de rodillas, reconociendo su condición de pecador y la autoridad de Cristo.

Pablo pensó:

«Este hombre debe ser un gran pecador y por eso está así. Menos mal que no soy así. Siempre caminé correctamente delante del Señor.»

Percibiendo la arrogancia de Pablo, Jesús dijo en tono enérgico:

—¡Ay de ustedes, escribas y fariseos!

Y más una vez Pablo pensó:

«Seguramente eso fue para aquel hombre.»

Jesús sacudió la cabeza negativamente y pasó la mano sobre la cara.

Él entró en la corte y llamó a Pablo, y este pensó:

«Los mejores son siempre los primeros a ser elegidos.»

Pablo entró en la sala y no mostró ninguna reverencia a la persona de Jesús. Pablo hizo como si conociera a Jesús hace mucho tiempo y fueran muy íntimos.

Jesús miró con extrañeza hacia la actitud de Pablo y dijo:

—No comprendo. ¿Por qué estás comportándose así?

Pablo sonrió y respondió con animación:

—¡Maestro! Te conozco desde niño. Somos mejores amigos.

Jesús se maravilló:

—¿Mejores amigos? ¿Estás seguro de eso?

Pablo contestó confiadamente:

—¡Por supuesto que sí, Señor! Desde muy pequeño oí hablar de tu nombre, fui bautizado en la adolescencia y…

—¡Ah! Entonces es de esto que estás hablando. Ahora he comprendido.

Pablo pensó:

«Él se debe haber olvidado. Es tanta gente…»

Inmediatamente, Jesús dijo en voz alta:

—Conozco por nombre todas las ovejas que mi Padre me dio y todas ellas conocen mi voz.

Pablo pensó irónicamente:

«Ya sé de todo eso.»

Jesús se sentó en la silla del juez y dijo con autoridad:

—Siéntate en la silla de los acusados.

Pablo estaba asombrado con el pedido de Jesús y dijo:

—¿Yo? ¿En la silla de los acusados?

Jesús contestó firmemente en tono de reproche:

—¡Sí! ¡Ahora!

Pablo caminó hacia la silla y dijo en tono desanimado:

—Vale. No necesitas gritar.

Jesús sacó un libro muy grueso y empezó a hojearlo, como si buscase algo.

Pablo no comprendía lo que Jesús estaba haciendo.

Después de hojear un poco, Jesús dijo:

—En el Libro de la Vida[2] no hay nada acerca de ti.

Pablo estaba confundido. Y Jesús continuó:

—Vamos a ver qué has hecho en tu vida.

------

[2] En el cristianismo, el Libro de la Vida es el libro en el que Dios registra los nombres de cada persona que está destinada al Cielo y al Mundo Venidero (un mundo mejor y perfecto).
El Libro de la Vida se menciona siete veces en el Libro de Apocalipsis (3:5, 13:8, 17:8, 20:12, 20:15, 21:27, 22:19)

Pablo dijo con confianza:

—¡Pero el Señor ya sabe todo!

—Por supuesto que lo sé. Parece que eres tú que no sabes qué hiciste en la vida.

Pablo dijo firmemente:

—¡Por supuesto que sé qué hice en la vida!

Para probar a Pablo, Jesús dijo:

—Si tú sabes todo lo que hiciste. Entonces, dime.

Pablo empezó a contar la historia de su vida:

—Señor, prácticamente crecí dentro de la iglesia. Siempre he sido muy participativo. Fui del grupo de música, estaba siempre involucrado con la iglesia. Fui un hombre muy bueno, nunca maté, ni robé, ni me prostituí. Trabajé honestamente. Siempre di el diezmo[3], la ofrenda. Participaba en la Cena del Señor[4]. Al fin y al cabo, era prácticamente un ejemplo de cristiano.

Jesús lo interrumpió y dijo en tono de reprensión:

—¡Un ejemplo a no ser seguido!

Pablo estaba sorprendido con la respuesta:

—Pero, ¿cómo es esto?

---

[3] Contribución económica para ayudar a las iglesias. El valor corresponde al diez por ciento de lo que recibe la persona.

[4] Un rito cristiano que se considera una ordenanza. Según el Nuevo Testamento, el rito fue instituido por Jesucristo durante la Última Cena; Al dar a sus discípulos pan y vino durante una cena pascual, les ordenó hacer esto en su memoria, se refirió al pan como su cuerpo y a la copa de vino como el nuevo pacto en su sangre. (Mateo 26:26-29; Marcos 14:22-25; Lucas 22:19-20; 1 Corintios 11:23-26)

Jesús contestó calmadamente:

—Pablo, entiendo todos tus pensamientos, y en este momento, veo que crees firmemente que fuiste una buena persona y que mereces ser salvado. Sin embargo, vamos a detallar lo que dijiste y ver si tu vida realmente ha sido ejemplar.

—Vale. Vamos a ver.

—Tú dijiste que creció dentro de la iglesia, pero veamos algunas imágenes de tu infancia.

En una pantalla, frente a ellos, fue exhibido un vídeo con la infancia de Pablo.

Él estaba acostado en su habitación. La madre de Pablo, una mujer morena, delgada y alta, pelo debajo del sostén, y ojos marrones, golpea la puerta y lo llama:

—Pablito, ve a tomar una ducha para que vayamos a la iglesia.

Él contesta haciendo berrinches:

—¡No quiero! No voy. ¡Allí es muy aburrido!

La madre entró en la habitación y dijo en tono de represión:

—¡Chico, no lo hables! Tenemos que agradecer a Dios todo lo que él hace por nosotros.

—Pero puedo agradecer aquí.

—Pero en el servicio agradecemos de manera especial, sin distracciones.

—¡Oh no, mamá! No voy. —Pablo siguió con el berrinche.

Ella dijo en tono serio:

—Si no vas, te quedarás sin videojuegos.

Temiendo la amenaza de la madre, él concordó:

—Vale. Yo iré.

Durante todo el servicio, Pablo estuvo con cara fea en la iglesia, muy malhumorado.

Jesús se dirige a Pablo y dice:

—¿Ha sido así que has crecido en la iglesia?

Pablo intentó argumentar:

—Pero fue solo…

—No fue solo aquel día. Prácticamente todos los días era la misma cosa.

Pablo iba a decir algo, sin embargo, Jesús dijo:

—No trates de decir que esto ha pasado solamente cuando eras niño. Durante la adolescencia tú no ibas a la iglesia por amor a mí. Tenías otros intereses. Y ha sido por causa de los intereses que has sido muy participativo —Jesús dijo irónicamente—. Veamos cómo ha sido su participación en la iglesia.

Los dos vieron otro vídeo. Pablo era adolescente y participaba del grupo de música. Sin embargo, su participación era solamente por interés en ser reconocido por la gente, especialmente las chicas. Mientras estaba tocando o cantando, él estaba mirando fijamente a las chicas en los bancos y siempre intentaba acercarse a ellas. Él siempre tenía la misma conversación.

Él se acercó a una chica de su edad y dijo:

—¡Cantas tan bien! Creo que podrías participar en el grupo de música.

Ella se sintió lisonjeada con las palabras de Pablo. Y él continuó:

—Vamos a programar un día para entrenar más.

En realidad, su real intención era tener una cita con la chica. Pablo siempre lo hacía, a veces funcionaba, a veces no. Pero él no cambiaba.

Jesús lo miró con una expresión de reproche y dijo:

—¿Qué me dices en su defensa?

Pablo quedó extremadamente constreñido e intentó justificarse:

—Es que… Es. Señor, yo era ad…

Jesús lo interrumpió:

—Sé que eras adolescente, inmaduro, tenía muchas voluntades. Pero, ¿por qué nunca me has pedido ayuda? Si me hubieras pedido ayuda, te habría ayudado a superar estos deseos. Enviaría a mi Santo Espíritu para guiarte por el camino correcto. ¡Has preferido ser dominado por tus deseos!

Pablo bajó la cabeza y reflexionó un poco.

Jesús continuó:

—La próxima cosa que dijiste: «Fui un hombre muy bueno, nunca maté, ni robé, ni me prostituí. Trabajé honestamente.»

Pablo dijo con firmeza:

—Estoy seguro de que hice todo cierto.

Jesús contestó:

—¿Estás seguro?

Pablo contesta con duda:

—Sí, lo creo.

Jesús contestó:

—Dijiste que nunca mató, veamos.

Empieza un video en el cual Pablo está caminando en la acera, y ve un mendigo sentado en el piso, muy sucio, pidiendo limosnas. Inmediatamente Pablo piensa:

«Voy a pasar mirando el otro lado, así él no me mira ni pide nada.»

Y así Pablo hizo, y después de pasar, oyó el mendigo decir:

—Dios está viendo todas las cosas.

Pablo paró un momento, pero pronto siguió su camino sin dar ninguna importancia para aquel hombre.

Jesús dijo en tono de reproche:

—¿Ha sido esto que enseñé en los evangelios? ¿Este es el mandamiento que ordené?

Pablo bajó la cabeza. Y Jesús continuó cuestionando en el mismo tono:

—¿Qué enseñé? ¿Cuál es mi mandamiento? Sé que lo sabes, entonces, ¡diga!

Pablo contestó desalentado:

—Ama a tu prójimo como a ti mismo[5].

Jesús contestó exaltado:

—¿Dónde estaba el amor al prójimo en aquel momento? Tú se dices bueno por nunca haber matado a nadie. Pero sepas que dar la espalda a aquellos que están pidiendo ayuda no es muy diferente

---

[5] Mateo 22:39, Marcos 12:31

de sacar un arma y disparar contra una persona. Básicamente, los dos están hiriendo y maltratando vidas.

Pablo estaba sin respuesta y chocado con las palabras de Jesús. Y Él continuó en tono calmo:

—Dijiste que nunca has robado, ¿verdad?

—Sí.

Y Jesús contestó:

—Vamos a confirmarlo.

Más un vídeo es exhibido. Esta vez, Pablo estaba haciendo una conexión clandestina en los cables de electricidad. Y también ha sido mostrado que él adquirió un aparato electrónico para captar señales de televisión por suscripción sin pagar.

Jesús dijo:

—¿Esto ha sido honesto? ¿O correcto?

Pablo contestó tristemente:

—No, Señor.

—Enseñé: Denle al césar lo que es del césar y a Dios lo que es de Dios[6].

Pablo más una vez notó que estaba siendo bueno a sus propios ojos y no delante los ojos del Señor.

Jesús continuó:

—Y acerca de la televisión por suscripción, ni voy a hablar de lo que veías. Sabes lo que es. Ahora veamos una parte muy

---

[6] Mateo 22:21, Marcos 12:17, Lucas 20:25

interesante. Dijiste que nunca se prostituyó.

Pablo dijo con preocupación:

—Aquí viene la bomb…

Jesús lo interrumpió:

—¡Realmente, aquí viene la bomba! Veamos.

Más un vídeo ha sido exhibido. En esta vez, Pablo estaba tocando y cantando canciones seculares con temas explícitos. Él deseaba ganar mucho dinero con la música.

Y Jesús dijo:

—Puedes no haber practicado la prostitución sexual. Pero has prostituido los dones que te entregué. Dejaste el grupo de música de la iglesia y querías una vida secular y mundana.

Pablo intentó explicarse:

—¡Pero Señor! Necesi…

Jesús interrumpe en voz alta:

—Necesitaba pagar las cuentas. Todos siempre dicen esto. Especialmente los que hacen trabajos deshonrados. La gente no confía cuando lee: «Más bien, busquen primeramente el reino de Dios y su justicia, y todas estas cosas les serán añadidas[7].» No he mandado a nadie quedarse sin hacer nada, sin embargo, el Reino de Dios debe ser la prioridad en la vida de la gente. Y que ellas no hagan cosas vergonzosas para ganar dinero.

Pablo estaba completamente aterrorizado por lo que oía de Jesús.

---

[7] Mateo 6:33

Él ya no tenía ningún argumento. Y Jesús continuó:

—Ahora veamos su trabajo honesto.

Más un vídeo de la vida de Pablo es exhibido. Esta vez, él estaba en su trabajo, en una oficina. Un hombre blanco, de edad mediana, llegó y le dijo:

—Pablo, necesito que usted haga un reporte para mí, pero necesito urgencia.

Él contestó:

—Quiero ayudarte, sin embargo, ve mi situación, hay una hilera y otras demandas. Entonces, va a ser difícil dar prioridad a tu reporte.

El hombre dijo:

—Te voy a comprar una tableta de chocolate.

Pablo dijo con animación:

—Ahora, tu demanda es la primera de la hilera.

Y Pablo hizo la tarea rápidamente después de la promesa de soborno.

Jesús lo cuestionó:

—¿Eso es trabajo honesto? Aceptando sobornos para hacer su obligación.

Él intentó justificarse:

—Pero mi emp…

Y Jesús completó irónicamente:

—Pero mi empleo es muy malo.

Y dijo en tono firme:

—Todos siempre dicen esto. Si el empleo está mal, busca otro, estudia para mejorar, haz algo en la vida. Sin embargo, no peques por esto.

A cada momento que pasaba, Pablo percibía que su situación estaba más complicada. Y Jesús continuó en tono firme:

—Estás preocupado, ¿verdad? ¿Pensabas que iba a ser fácil? ¿Creías que ser más o menos es suficiente para mí? ¡Pues no es!

En seguida, Jesús dijo en tono más leve:

—Vamos a continuar. Dijiste que dabas el diezmo y las ofrendas correctamente.

—Sí. No hay forma de que pudiera haberlo hecho mal.

—Sí, lo hay. Veamos.

Más un vídeo fue exhibido. Esta vez, Pablo estaba entregando el diezmo y su ofrenda en un sobre. En el momento de depositarlos, él pensó:

«Estoy entregando tanto, podría hacer otras cosas con este dinero.»

Pablo se detuvo con el sobre, pensando si depositaba o no. Debido a la gente mirando, él depositó. Y cuando regresaba a su asiento, pensó:

«Cuánto dinero…»

Jesús dijo:

—Entregabas los diezmos y las ofrendas con pesar en el corazón, no hacías de buena voluntad.

Pablo intentó justificar:

—¡Pero Señor! El din…

Jesús lo interrumpió y dijo en tono firme:

—El dinero se estaba agotando. Necesitaba más. Es siempre la misma historia. Te voy a preguntar dos cosas. ¿Alguna vez algo te ha faltado?

—No.

—¿Fui yo quien hice tus deudas? ¿O fui yo quién las hizo surgir del nada?

Pablo dijo en tono desalentado:

—No, Señor.

—Si el dinero era poco, hiciese menos deudas, o entonces, consiguiera un empleo mejor. Era simple. Así tú no pecarías cuando entregase los diezmos y ofrendas.

Jesús dijo en tono calmo:

—Ahora, hay solo más una cosa de las que dijiste, la participación en la Cena del Señor.

Pablo no tenía nada más que argumentar con Jesús, entonces, él dijo con desánimo:

—Señor, muestre mis errores.

Y Jesús dijo con alegría:

—Ahora estamos haciendo algún progreso. Veamos el video.

Fue exhibido un video del día a día de Pablo. Mucha charla, chismes, peleas con los miembros de la iglesia, etc.

Y el día de la Cena del Señor, él participaba normalmente como si nada hubiera pasado.

Jesús dijo:

—Sabes que eso ha sido para su propia condenación, ¿no? A pesar de que la gente de la iglesia no sabía, yo siempre supe de todo.

Pablo ya había aceptado su destino. Él dijo desalentado:

—Entonces, creo que este es mi fin, pero antes de irme, Señor, dime una cosa, ¿es posible que alguien haga todo lo que dije haber hecho, pero de la manera correcta?

Jesús dice calmadamente:

—Sí, es posible. Sabía que ibas a preguntarlo. Para contestarte, vamos a llamar al hombre que está allí afuera.

Jesús dijo en voz alta:

—Dionisio, entra, por favor.

Dionisio entró, se tiró al suelo de rodillas, y dijo:

—Señor, perdóname, porque soy pecador.

Jesús se acercó a él, tomó su mano y dijo:

—Levántate, hijo mío. Todos tus pecados están perdonados.

Dionisio contestó glorificando a Jesús:

—¡Gloria a tu Santo Nombre, Señor Jesús! ¡Para siempre es el rey de la salvación!

Pablo observaba y notó una gran diferencia entre ellos.

Jesús dijo:

—Dionisio, siéntate aquí, vamos a ver tu vida.

Dionisio se sentó en una silla especial, semejante a un trono.

Un vídeo ha sido exhibido y Jesús narraba la historia:

—Dionisio tuvo una infancia muy difícil, con el padre siendo alcohólico y la madre fumante. Siempre estaba acostumbrado al olor de bebidas y de cigarros. Sin embargo, él nunca quiso a ninguno de los dos. Durante la adolescencia, conoció el Evangelio a través de un proyecto de evangelización en su barrio.

Pablo interrumpió:

—Con permiso, Señor, conozco este proyecto e incluso participé en él.

Jesús contestó:

—Es verdad, Pablo, ha sido así que Dionisio conoció la salvación y a través de su vida, toda la familia me conoció y muchos otros me conocieron. Veamos la continuación de la vida de Dionisio.

La continuación del vídeo mostró a Pablo evangelizando a la gente en el proyecto, y entre los evangelizados estaba Dionisio. Esto fue una gran sorpresa para Pablo.

El vídeo también mostró el envolvimiento de Dionisio con el trabajo en la iglesia, su atención a toda la gente. En este momento fue mostrado que Dionisio dio atención al mendigo que Pablo despreció. En seguida, fue exhibido Dionisio orando junto con una mujer, y después se mostró su matrimonio. Toda la vida de Dionisio fue dedicada al Señor y a sus mandamientos.

Pablo notó lo cuánto le faltó con relación a la dedicación al Reino de Dios.

Jesús dijo:

—Dionisio, aquí está la corona de la vida reservada a aquellos que guardaron mis mandamientos y su justicia.

Jesús puso una corona en la cabeza de Dionisio. Él se levantó y siguió caminando con Jesús hacia la luz, la vida eterna.

Todo se puso oscuro y Pablo empezó a gritar desesperado:

—¡No! ¡Señor, no me dejes perecer! ¡No! ¡No quiero la muerte eterna!

Y de repente, Pablo oyó alguien decir:

—Despierta, ¿estás bien?

Pablo despertó asustado y dijo:

—¿Dónde estoy?

Una mujer negra de mediana edad dijo:

—En la iglesia. Dormisteis durante la predicación y has perdido una gran predicación acerca del Juicio Final.

Pablo notó que todo había sido un sueño. Y cuando recordó lo que pasó, se tiró al suelo de rodillas, empezó a llorar y pedir perdón a Dios:

—Señor, perdóname. Seré una persona mejor en todos los sentidos.

La gente en la iglesia observaba la escena y no comprendía nada.

Pablo guardó este sueño en su corazón y fue un cristiano muy correcto hasta el día de su muerte.

¿Cuál es el significado de la Navidad?

Algunos niños estaban sentados en la acera hablando acerca de la Navidad. Alicia, una chica morena clara con pelo rizado negro y ojos marrones, dijo con animación:

—¡Este año voy a ganar muchos regalos! Escribí una carta a Papá Noel y estoy segura de que él va a traer todo lo que he pedido. iPhone, iPad, computadora portátil, una bicicleta nueva, muchos zapatos y ropa.

Lara, una chica morena oscura con un largo pelo liso y negro, y ojos marrones claros, también dijo con animación:

—¡También voy a ganar mucha cosa! ¡Muchos regalos caros! He pedido de todo, teléfono móvil, tableta, televisión de pantalla grande.

Víctor, un chico moreno, con pelo negro y corto, y ojos marrones oscuros, dijo:

—¿Cómo pueden estar tan seguras de que ustedes van a ganar tanta cosa?

Lara contestó:

—He sido una buena chica todo el año, me he comportado bien, no discutí con mis padres, hice todo cierto.

Alicia dijo:

—Yo también hice todo esto. Y ayudé a mi madre cuando ella necesitaba. He sido una buena hija todo el año.

Víctor no estaba convencido, y dijo:

—Pero hacerlo es nuestra obligación. Al fin y al cabo, nuestros padres nos dan casa, comida, amor, cariño y todo lo que necesitamos.

Alicia discordó y dijo en tono enérgico:

—¡No es nuestra obligación! Lo hacemos para el Papá Noel traer los regalos.

Víctor dijo en tono firme:

—¡Es nuestra obligación!

Lara cuestionó a Víctor:

—Y tú, Víctor, ¿qué has pedido a Papá Noel?

Él dijo tranquilamente:

—Nada. Él no existe y no puede traer nada a nadie.

Lara y Alicia dijeron en tono de reproche:

—¡Es mentira!

Alicia continuó en el mismo tono:

—¡Él existe! ¡Es por su causa que existe la Navidad!

Víctor dijo en tono serio:

—¡Esto no es verdad! La Navidad existe por causa de alguien real y mucho más especial que el Papá Noel.

Las dos preguntaron:

—¿Quién?

—Jesucristo. Es por su causa que existe la Navidad y todo lo que hay en el mundo.

Las chicas quedaron confundidas y Alicia cuestionó:

—Y Jesús, ¿trae los regalos?

—Él trae algo mejor, el amor, el perdón, la paz y todo lo que es bueno para la gente.

Alicia dijo:

—Si él trae todo eso, entonces él es alguien muy bueno. ¿Dónde vive?

—Él vive junto con Dios, en el cielo.

Lara preguntó:

—¿En el cielo? ¿En las nubes?

Víctor dijo:

—Lara y Alicia, no sé contestar todo a ustedes. Vamos a mi casa y allí mi padre explicará todo.

Los chicos fueron hacia la casa de Víctor. En el portón, él dijo a su padre:

—Papá. Alicia y Lara estaban hablando de la Navidad y del Papá Noel, y les dije que Jesús es la verdadera razón para la Navidad.

Carlos, un hombre moreno claro, con altura mediana, pelo corto, y ojos marrones, dijo:

—Muy bien, Víctor. Y me imagino que les trajiste porque estaban haciendo preguntas difíciles, ¿verdad?

—Es esto, papá.

—Vamos a entrar y les voy a explicar.

Todos entraron y se sentaron en la sala de estar. Carlos dijo:

—Voy a hablarles el verdadero sentido de la Navidad, sin embargo, para que comprendan mejor, tendré que contar toda la historia.

Alicia y Lara dijeron:

—Vale.

—Si ustedes tienen cualquier duda, pueden interrumpirme. Al principio de todo no había nada, ni cielo, ni agua, ni mundo. Entonces, Dios creó todas las cosas que existen, los animales, las plantas, el sol, la luna, todo.

Lara levantó la mano y preguntó:

—¿Dios hizo todo solo? ¿Cómo lo consiguió?

—Lara, Dios es el Todopoderoso y puede hacer todas las cosas. Dime algo que crees que es imposible que suceda.

Lara pensó y dijo:

—Mmm… Que mis padres dejen de pelear.

—Dios puede hacerlo desde que ellos pidan su ayuda.

—¡Genial! Después voy a hablarles.

—Habla con ellos, todo podrá ser diferente en tu casa. Pero continuando. Después de crear todas las cosas, Dios creó las personas. Y desde el principio, siempre mostró mucho amor y bondad por todos. Dios ayudaba en todo lo que la gente necesitaba. Y así ha sido por mucho tiempo. Aun cuando la gente no hacía lo que Dios pedía, él siempre tenía paciencia y enseñaba nuevamente el camino correcto.

Alicia interrumpió:

—¿Entonces ha sido desde la creación de Dios que surgió la Navidad?

—No. La Navidad tiene relación con el acontecimiento más importante de toda la historia de la humanidad. La Navidad tiene relación con el nacimiento de Jesucristo.

Alicia dijo:

—¿Él nació el día veinticinco de diciembre?

—No. Esta fecha ha sido elegida por la gente. La fecha exacta del nacimiento de Jesús no es conocida. Sabemos que él nació hace más de dos mil años y es por esto que estamos en el año dos mil veintiuno después del nacimiento de Jesús.

Alicia respondió:

—Comprendí. ¿Y quién exactamente fue Jesús?

—Jesús es el Hijo de Dios. Él es Dios en la forma de persona. Él estuvo en la Tierra y enseñó muchas cosas a la gente. Mostró a ellas el verdadero significado del perdón. Enseñó que debemos tener amor con toda la gente, independientemente de quien sea. Jesús mostró el camino para hacer la voluntad de Dios.

Lara dijo:

—¿Y qué ha pasado con Jesús?

—Muchos no creyeron en lo que él había dicho y decidieron herirlo. Él fue asesinado.

Alicia dijo con tristeza:

—¿Él fue tan bueno y murió? La gente era muy mala en aquella época.

—Pero la muerte de Jesús ha sido temporal. Después de tres días, él resucitó y…

—¿Qué es resucitar? —dijo Lara, que no había comprendido.

—Es regresar a vivir después de haber muerto. Y después de esto, él regresó a Dios, su padre. Desde entonces, toda la gente que cree en Jesús espera el día que él regresará y llevará a todos al paraíso, donde habrá paz para siempre.

Víctor dijo:

—¿Comprendieron por qué existe la Navidad?

Ellas contestaron:

—Sí.

Lara dijo:

—Pero, ¿y el Papá Noel y los regalos?

Carlos dijo:

—Voy a explicarles. El Papá Noel es solo una leyenda creada a partir de la historia de un hombre que distribuía regalos en el mes de diciembre. Sin embargo, este hombre no era mágico, era solo una persona bondadosa. Y a lo largo de los años, la gente añadió cosas a su historia, los renos, el lugar que él vive, el color y muchas otras cosas.

Lara dijo:

—Comprendí, ¿está mal ganar y dar regalos en Navidad?

—No está mal, desde que tú hagas de la manera correcta. El regalo debe ser dado a las personas que amas y consideras muy especial. Y tú misma debes dar el regalo y no creer que el Papá Noel dará. Y lo más importante es decir a la gente el verdadero significado de la Navidad, el nacimiento de Jesucristo.

Lara dijo:

—Déjalo conmigo. Ahora voy a decir a todos la verdad acerca de la

Navidad.

Alicia completó:

—Yo también.

Carlos dijo:

—¡Esto va a ser genial! Ahora creo que ustedes deben regresar a sus casas.

Ellas contestaron:

—Es verdad.

Lara dijo:

—Pero antes de irme, ¿el señor puede explicarme cómo hablo con Dios para ayudar a mis padres?

—¡Por supuesto! Vamos a orar juntos. Cierra los ojos y repite conmigo.

Lara cerró los ojos y repitió después de Carlos:

—Señor Dios, yo pido que el Señor ayude a mis padres a llevarse bien, y que puedan parar de pelear y ser más amorosos el uno con el otro. Amén.

Las chicas regresaron a sus casas, felices con lo que habían aprendido.

Una historia

Dice la historia que, en una comunidad muy pobre, nació un bebé que era muy aguardado por todos los que oyeron hablar de su nacimiento.

El bebé nació en un lugar inapropiado, pues no había otro sitio disponible. Su nacimiento fue algo común, trivial, sin mucha importancia inmediata. Algunas personas que ya lo esperaban fueron a visitar a su madre y le dieron unos regalos.

El tiempo pasó, el bebé creció y se convirtió en un niño, sin embargo, era un niño diferente, a él le gustaba estudiar asuntos relacionados con su comunidad.

Cuando adulto, salió de casa y pasó por muchas dificultades, hambre, frío y provocaciones. Pero él nunca perdió la esperanza de que habría días mejores.

Él empezó a discurrir acerca de las leyes y a mostrar lo cuánto la gente estaba alejada de lo que era correcto y verdadero. Muchos de sus discursos tenían fuertes críticas a las autoridades locales, las cuales eran corruptas y vivían de falsas apariencias.

Él llamó algunos para seguirlo, otros hombres simples y pobres, sin gran importancia social. Pero eso no era un problema, pues él tenía otra mirada sobre la gente.

Por todos los lugares que él iba, era seguido por una gran multitud que deseaba recibir algo de él. Pues regalaba a la gente y les decía cómo iba a ser el futuro de su comunidad.

Las mismas autoridades que él criticaba, buscaban una manera de arrestarlo, antes de haber una rebelión. Intentaron de varias maneras, pero no lograron. La única manera de arrestarlo fue a través del soborno de uno de sus aliados.

Él fue arrestado y acusado injustamente de provocar rebeliones, cuando, en realidad, solo estaba haciendo aquello que las autoridades no hacían por el pueblo. En el momento de su arresto, sus aliados huyeron y uno fingió que no lo conocía.

En la cárcel, fue golpeado como el peor de los condenados. Fue llevado hacia la corte, que no encontró ningún crimen en él, sin embargo, debido a la presión de la gente, la corte permitió su ejecución.

Su muerte fue muy sangrienta, siendo humillado y golpeado hasta llegar al lugar donde sería ejecutado.

En el momento de su ejecución, él aún fue maldecido por algunos, los cuales se burlaban de sus palabras. Él no contestó a las maldiciones, pero dio esperanza a otro condenado a su lado.

Él murió como alguien que aceptó una misión. Y aquellos que lo seguían perdieron la esperanza en el primer momento.

Después de tres días, él resucitó y se mostró a sus amigos, y todos ellos creyeron en sus palabras.

Ahora usted sabe acerca de quién estoy hablando, Jesucristo.

¿Quién es el siervo de Dios?[8]

Junio de 2020

En un estudio de televisión, un hombre negro de mediana edad comienza el noticiario:

—La pandemia del nuevo coronavirus afecta a todos en la sociedad. Millares de personas han perdido sus empleos y fuentes de ingreso. Este es un momento en el que la población necesita unirse para que, juntos, podamos pasar por todo eso.

1

Un grupo de personas estaba en una sala de reuniones para discutir acciones para ayudar a los necesitados durante la pandemia. Todos tenían muchas ganas de hacer algo para cambiar la situación de aquellos que necesitaban ayuda, sin embargo, antes de una acción, ellos necesitaban lograr los recursos.

Marcos era el líder del grupo. Él tenía cerca de treinta años, moreno claro, pelo negro y liso por los hombros, y ojos marrones claros. Él dijo:

—Necesitamos sugerencias para recaudar donaciones para la gente carente.

Una mujer blanca de mediana edad, con un largo pelo rubio gris y ojos azules, dijo:

—Vamos a pedir a alguna iglesia, ellos son muy receptivos, ellos tienen la cuestión del amor al prójimo.

---

[8] Inspirado en la parábola del buen samaritano, Lucas 10: 25-37.

Un joven moreno oscuro, con cerca de veinte años, cabello oscuro con pequeñas trenzas en toda su cabeza y ojos marrones oscuros, dijo:

—También podemos pedir ayuda a los grupos musicales evangélicos, muchos ya hacen trabajos así.

La reunión siguió y todos dieron varias sugerencias, y cada una de ellas fue anotada. Al final, Marcos dijo con animación:

—¡Ya tenemos ideas geniales! Vamos a empezar con la iglesia. Hay una cerca de aquí, creo que tiene servicio mañana, voy a confirmarlo hoy y les voy a enviar un mensaje.

Todos contestaron:

—¡Genial!

2

Al día siguiente, Marcos y la mujer rubia fueron a la iglesia. Poseía una estructura enorme y muy lujosa. Hasta los asientos eran acolchados, como asientos de cine.

Ellos también notaron que los miembros de la iglesia aparentaban ser gente rica, todos vestían ropa elegante. Solo ellos dos estaban con ropa casual.

Después del servicio, ellos fueron al pastor para hablarle, él estaba cerca del altar hablando con algunas personas. Marcos se acercó y dijo:

—¡Buenas noches! Con permiso, pastor, ¿qué tal?

El pastor, un hombre blanco de mediana edad, calvo, con ojos marrones claros, contestó:

—¡Buenas noches! Estoy bien.

El pastor notó su apariencia y dijo:

—Ustedes no son de nuestra comunidad, ¿verdad?

—No somos. Hacemos parte de una organización que busca ayudar a la gente carente.

—Este trabajo es muy bonito. ¡Enhorabuena!

—Gracias. Estamos aquí exactamente para hablar de esto. Estamos recaudando donaciones para ayudar a la gente que está en dificultades durante la pandemia.

—Mucha gente necesita ayuda en este período.

—Hemos pensado que el señor pudiera ayudarnos con algo o pedir ayuda a los miembros de la iglesia.

El pastor cambió su expresión y dijo en tono serio:

—Creo que es muy interesante tu actitud, sin embargo, infelizmente, no podemos ayudar.

Marcos estaba impresionado con la negativa del pastor:

—Pero, ¿por qué no? La iglesia de ustedes parece tan rica.

El pastor sonrió y dijo:

—Realmente somos una iglesia muy bendecida por Dios.

—Si son muy bendecidos, ustedes deben bendecir a los otros también.

—Vea esta gran estructura, para mantener esto tiene muchas expensas. Y con la pandemia, las ganancias, es decir, las donaciones disminuyeron. Entonces, no podemos asumir ningún compromiso de ayuda.

Marcos estaba insatisfecho con la respuesta y dijo:

—Pensé que ayudar al prójimo era misión de la iglesia.

La gente que estaba cerca se calló al oír esta crítica.

La acompañante de Marcos quedó constreñida con su habla y dijo en tono de reproche:

—¡Marcos!

—Juana, no dije nada malo.

El pastor se irritó y dijo:

—Creo que esta conversación terminó.

Marcos dijo nervioso:

—Realmente terminó, ¡hipócrita!

El pastor gritó con nerviosismo:

—¡Cállate, mocoso!

Todos que aún estaban en la iglesia oyeron su grito y se quedaron sorprendidos con el tono del pastor.

Al darse cuenta de que la discusión podría empeorar, Juana tomó a Marcos del brazo y dijo:

—¡Vamos, ahora!

Ellos empezaron a caminar, Marcos paró y dijo en voz alta para toda la iglesia:

—¡El amor de Jesucristo está muy lejos de este lugar!

Juana lo reprendió más una vez:

—¡Marcos!

Ellos continuaron caminando y se fueron tristes con la respuesta recibida. Ella dijo:

—Estos pastores solo piensan en recaudar dinero y se olvidan de la gente.

—Infelizmente, esto es verdad. Ellos son religiosos y se olvidan del amor al prójimo.

3

Algunos días después, Marcos y Juana fueron a hablar con una cantante evangélica, Hulda, que era muy conocida por apoyar causas sociales. El encuentro fue en el estudio donde la cantante grababa sus canciones. Pronto que entraron en la sala de reunión, Marcos y Juana notaron que ella estaba muy bien vestida. Era como si estuviera yendo a una fiesta. Ella usaba pendientes, collares y pulseras; todo parecía ser muy caro. Y había una bolsa de una marca de lujo en la mesa. Todos se sentaron, los dos frente a ella.

Hulda, una mujer blanca con piel muy clara, cerca de treinta y cinco años, ojos verdes y un pelo rubio claro hasta la cintura, dijo con animación:

—¡Sean muy bienvenidos! ¿En qué puedo ayudar?

Marcos dijo:

—Agradecemos tu disponibilidad para recibirnos. ¿Ya oíste algo de nuestra organización?

—No. ¿Son nuevos?

—Sí, empezamos hace poco y ya conseguimos ayudar a mucha gente.

—Creo que este trabajo es muy inspirador.

—Gracias. También creemos que tu trabajo es muy inspirador.

Usted ayuda a mucha gente.

—Gracias.

Juana dijo:

—Entonces, necesitamos ayuda para algunas personas que están en aprietos durante este momento de pandemia. Muchos están en paro y sin tener fuentes de ingreso.

—La situación de la pandemia es realmente algo muy grave. Sin embargo, infelizmente, no puedo ayudarlos.

Juana extrañó la respuesta:

—¿Por qué no? Usted es rica y famosa.

—Es exactamente por eso. Es muy caro mantener una vida como la mía. Ya estoy siendo afectada por la pandemia. Antes, hacía más de veinte conciertos en un mes. Y ahora, debido a las restricciones, recibo dinero solo de las redes sociales. Ya no sé lo que hacer para mantener mi padrón de vida de lujo.

Juana respiró hondo, se levantó y dijo en tono nervioso:

—¡Debería caerte la cara de vergüenza! Está preocupada en mantener una vida de lujo mientras tanta gente está hambrienta. ¡Hipócrita! Usted canta una cosa y vive otra.

Marcos estaba impresionado con el coraje de Juana. Enfrentando a una persona famosa.

Hulda estaba indignada con las palabras de Juana. Ella se levantó y dijo en tono nervioso:

—¿Y quién cree que es para decir eso?

Juana puso su mano derecha sobre su pecho en señal de orgullo. Y dijo en tono serio:

—Soy una persona que está tratando de hacer la diferencia en un mundo carente de ayuda. Pero noté que de aquí no va a salir ninguna ayuda. Vamos, Marcos.

Marcos se levantó y ellos salieron de la sala. Hulda salió tras ellos y gritó:

—¡No puede hablar así conmigo! ¡Soy una persona importante!

Juana paró y dijo en tono de reproche:

—Usted es importante para la gente. Sin embargo, la gente no es importante para usted.

Los dos siguieron su camino.

4

Después de que los pedidos de ayuda fueron negados, los miembros de la organización reunieron los pocos recursos que tenían y decidieron comprar lo que podían y donar a los necesitados.

Marcos y Juana estaban saliendo de un supermercado con algunas bolsas plásticas de compras. Un hombre de mediana edad, moreno claro, pelo corto, ojos castaños, nota en las camisas de la organización y dice:

—Con permiso, ¿son ustedes de aquella organización que ayuda a la gente carente?

—Sí, somos. ¿Por qué?

—Creo que su trabajo es muy interesante.

Marcos dijo con desaliento:

—Gracias.

El hombre notó el tono desalentado de Marcos y preguntó:

—¿Están ustedes necesitando alguna clase de ayuda?

Juana contestó:

—Sí, toda ayuda es bienvenida.

—¿Y de qué necesitan?

—Prácticamente todo. Tenemos cinco familias que necesitan urgentemente alimentos. Pero no logramos casi nada hasta ahora.

—¡Dios mío! ¡Qué tristeza! Sin embargo, ¡vamos a resolverlo ahora!

—¿Cómo?

—Voy a comprar lo que necesitan y donar a ustedes.

Marcos se animó y dijo:

—¿En serio?

—¡Por supuesto! Dime la dirección para entregar las compras.

—¡Ciertamente!

Marcos entregó al hombre una tarjeta de visitas.

—Esta es la dirección de nuestra organización.

El hombre entregó una tarjeta de visitas de una empresa distribuidora de bebidas y dijo:

—Aquí está mi tarjeta. Y cualquier cosa que necesiten, pueden llamar y pedir ayuda.

Marcos estaba tan feliz, que se olvidó de la pandemia y lo abrazó, diciendo:

—¡Muchas gracias! Dios te bendiga.

El hombre sonrió y dijo:

—Ya soy bendecido por Dios. Por eso ayudo a la gente.

Juana dijo:

—Solo por una curiosidad, ¿usted tiene alguna religión?

—Sí, soy católico. Y durante toda mi vida, he aprendido que ayudar al prójimo es el más gran mandamiento dejado por Jesús. E intento seguirlo todos los días.

—Es una pena que ni todos piensen así.

—Es realmente una pena. El mundo iba a ser un lugar mucho mejor.

—Con certeza. Más una vez, muchas gracias por todo.

—Estoy a la disposición en lo que necesiten. Voy a comprar las cosas y solicitaré al supermercado que las entregue.

Marcos contestó:

—Gracias.

El hombre fue hacia el supermercado y ellos siguieron su camino. Felices por haber logrado la ayuda necesaria.

No es culpa del Diablo

1

Una tarde soleada, dos hombres caminaban por una calle tranquila. Juan y su pastor Mateo.

Juan era un hombre blanco, piel bronceada, altura mediana, delgado, pelo marrón corto y ojos marrones claros. Él dijo en tono de tristeza:

—Pastor Mateo, ¡mi vida está muy mala!

El pastor era un hombre moreno claro de mediana edad, altura mediana, delgado, pelo corto casi rapado y ojos marrones oscuros. Él estaba sorprendido y preguntó:

—¿Qué pasó? ¿Cuál es el problema?

—Pastor, infelizmente, no es un problema, pero, muchos problemas.

—Dime, Juan, ¿qué te está molestando?

—Pastor, he sufrido mucho últimamente. —Juan dice en tono de angustia—: Todo va mal en mi vida.

—¡Misericordia de ti! ¿Todo? —El pastor estaba sorprendido.

—Sí, todo. Mi matrimonio está muy mal, yo y mi esposa peleamos todo el tiempo, ni siquiera conseguimos hablar.

—Juan, el matrimonio está hecho de dos personas, ustedes necesitan sentar y hablar acerca de qué está pasando, y qué pueden hacer para mejorar.

—Pero pastor, ya lo hemos intentado y no funcionó.

—Entonces, tal vez ustedes tengan que buscar la ayuda de un experto. Tenemos un ministerio de parejas en la iglesia. Ellos siempre pueden ayudar.

—¡Estoy seguro de que eso no va a resolver! —Juan afirmó de manera categórica.

—¿Cómo puedes estar tan seguro?

—Pastor, esto es obra del enemigo. Él tiene atentado contra mi vida.

Mateo extrañó mucho el discurso de Juan, pues sabía que él no dialogaba con su esposa.

—¿Estás seguro de que es obra de Satanás?

—¡Por supuesto que sí, pastor! Él quiere destruirme.

—En realidad, Juan, el Diablo intenta destruir a todos los verdaderos cristianos.

—Y es exactamente por eso que él está en mi contra. —Juan dice con convicción—: ¡Soy un verdadero cristiano!

Nuevamente Mateo miró con desconfianza, pues sabía que Juan no era tan bueno así.

—Por supuesto que eres un buen cristiano. Eres una joya de oro puro de Ofir[9] en nuestra iglesia —contesta Mateo irónicamente.

Juan siguió con las afirmaciones:

—Además de mi matrimonio, el Diablo se ha levantado en otras áreas de mi vida.

---

[9] Nombre de una región mencionada en la Biblia, famosa por su riqueza. 1 Reyes 9:28, 10:11, 22:48

Mateo contestó con duda:

—¿Verdad? ¿En cuáles áreas?

—Vea, pastor Mateo, en mi trabajo, el Diablo desea que yo sea despedido y así voy a parar de dar el diezmo y las ofrendas en la iglesia. Todo es una estrategia.

—¿Estás seguro de que realmente es el Diablo?

—¡Por supuesto! —Contestó Juan firmemente.

—Estoy preguntado, porque tal vez, puede ser algo relacionado con su productividad y su desempeño en la compañía, y no una obra del enemigo.

—¡No, pastor! No hay manera de serlo, soy un empleado ejemplar.

Mateo sabía que Juan no era así, entonces, concordó para evitar conflictos:

—Sí, eres muy dedicado en todos tus trabajos.

—Otra cosa, pastor, además de quitar mi empleo, él quiere destruir mis finanzas. Él está enviando el devorador[10] para acabar con mi sueldo. Son muchas deudas y poco dinero para pagar.

—Juan, ¿no crees que las deudas pueden tener relación con el hecho de que estás siempre comprando muchas cosas que no necesitas? Por ejemplo, cambias de teléfono móvil cada dos meses

---

[10] Algunos cristianos creen que existe un demonio que se llama "devorador", responsable de la destrucción de la gente y sus riquezas.
Esta creencia surgió a partir de una interpretación equivocada de un texto en el libro de Malaquías, 3:11. El texto completo habla de represiones al pueblo de Israel a causa de sus pecados. El devorador mencionado es una clase de langosta que destruiría la vegetación.

50

y todo año compras un coche más caro que el anterior.

Juan sonrió y dijo:

—Pero pastor Mateo, mis expensas están de acuerdo con mi sueldo. Y como un cristiano tengo el derecho de disfrutar lo mejor de esta tierra[11].

—Juan, la palabra de Dios no está exactamente en estos términos. Cuidado con tu interpretación. Necesitas estudiar las escrituras para conocer la verdadera voluntad de Dios para nuestras vidas. Si participasteis más de los servicios y de la escuela bíblica, tendrías más sabiduría.

—Pero pastor, ¡es el Diablo que me impide ir más a la iglesia!

—¿El Diablo? ¿Estás seguro?

—¡Por supuesto! Él crea impedimentos para que no vaya.

Juan, te conozco y sé que en los días de los servicios estás siempre en algún paseo y por eso no vas.

Juan trataba de justificarse:

—Pastor Mateo, intento ir, pero no puedo.

—Vale, es como dices. ¿Hay más algo que el Diablo te molesta?

—Sí, tengo muchos problemas de salud. Infecciones respiratorias, colesterol y glucosa elevados, son muchos problemas.

—Juan, algunas enfermedades son generadas por causa de nuestra vida diaria, por ejemplo, el colesterol y la glucosa tienen relación

---

[11] Otra interpretación equivocada de un texto bíblico, Isaías 1:19. El contexto es un consejo de Dios para el pueblo de Israel, donde Dios dice lo que pasará con ellos si lo obedecieran (bendiciones) y si no obedecieran (destrucción).

con la alimentación.

Juan contestó en tono desalentado:

—Lo sé pastor, y sé que el enemigo está intentando fuertemente contra mí.

Mateo estaba un poco impaciente con las excusas de Juan y preguntó:

—¿Hay algo más que recuerdes?

—Vea, pastor, en el momento no. Quiero que tú ores por mí, para reprender esos demonios que atentan tanto contra mi vida.

—Vale. Vamos a orar.

Los dos dieron las manos y Mateo empezó a orar:

—Soberano Dios, bendiga la vida de tu siervo Juan. Que el Señor esté con él todos los días, liberando, protegiendo y guardando de todo el mal. Que el Señor conceda a tu siervo sabiduría, inteligencia y entendimiento todos los días de su vida. Ayúdalo en todas sus dificultades todos los días, en el nombre de Jesús. Amén.

Juan se fue un poco insatisfecho con las palabras del pastor, que no creyó que todo en su vida fuese obra del enemigo.

2

Una noche, Juan se arrodilló en su habitación para orar:

—Oh, Señor, mi vida es tan difícil, parece que todo y todos están en mi contra —Juan oraba de manera triste y desalentada.

—Mi matrimonio está yendo de mal en peor. Mi trabajo está colgando de un hilo. Mi vida financiera está en desorden y parece que todo siempre empeora.

Juan levanta la voz y dice:

—Pero estoy seguro de que todo esto es culpa del enemigo, de Satanás, él ha robado mis bendiciones y quitado mi paz y tranquilidad.

Juan continúa firmemente:

—El Diablo no descansa, y está siempre intentando contra los verdaderos hijos de Dios. ¡Señor reprenda este mal en mi vida! ¡Líbrame de todo mal que él intenta contra mí! Clamo por la eliminación de todas las maldiciones del Diablo en el nombre de Jesús.

Mientras estaba orando, Juan oyó el timbre de su casa y fue a contestar. Antes de abrir el portón, él preguntó:

—¿Quién es?

Una voz masculina dijo:

—¿Esta es la casa de Juan?

—Sí, ¿quién desea hablar con él?

—Soy una persona que está muy triste contigo. Pues usted me ha criticado mucho.

Juan estaba sorprendido con el habla, pues no criticaba a nadie a punto de dejar la persona triste:

—¿Te he criticado y dejado triste? ¿Está seguro?

—¡Por supuesto!

—¿Quién es usted?

—Déjame entrar que te voy a explicar.

—Vale.

Juan abrió el portón y cuando miró hacia la persona, se quedó admirado. Era un hombre muy bonito y bien vestido, ropa elegante y óptima presentación. Parecía un modelo o un actor.

Juan no lo reconoció, y dijo sorprendido:

—¿Quién es usted? No te conozco.

—Usted me conoce. Habla de mí todos los días —dijo la persona en tono misterioso.

—No te conozco.

—Todos siempre lo dicen. Soy el Diablo.

Juan se rio a carcajadas y dijo:

—¿El Diablo? ¿Usted? —Juan continuó riendo.

—¿No lo cree?

—¿Qué clase de Diablo es? ¿El Diablo de las ventas? ¿O el Diablo de un grupo de dark metal?

—No. Soy el Diablo, demonio, Satanás, Belcebú, el príncipe de las tinieblas.

Juan continuaba sin creer en aquello. Entonces, el Diablo dijo:

—Los seres humanos son todos iguales, no creen cuando oyen la verdad.

Una gran oscuridad les cercó, todas las luces alrededor fueron apagadas. Él dijo con una voz potente y malvada:

—¡Soy el gran dragón! ¡La bestia del Apocalipsis! El destructor, el enemigo, soy la personificación de todo el mal.

Las luces se encendieron y Juan quedó extremadamente aterrorizado. Él estaba trémulo y con una expresión de horror. Él dijo con voz trémula:

—¡Dios mío! ¡Usted realmente es el Diablo! Ordeno que usted salga de aquí, Diablo de los infiernos.

Nada pasó y el Diablo dijo irónicamente:

—Palabras equivocadas. Intenta otra vez.

Juan clamó desesperadamente:

—¡Jesucristo, ten misericordia de mí!

En seguida, Jesús apareció al lado de Juan y dijo:

—Juan, ¿me has llamado?

Juan contestó eufórico:

—¡Sí, Señor! ¡Ten misericordia de mí! ¡El Diablo apareció para mí!

Jesús dijo en tono de reproche:

—¿Y por qué no le reprendió con el poder que te ha sido dado?

—Reprendí, sin embargo, él no obedeció.

—Pero tú reprendiste de manera equivocada, dijiste: «Ordeno que usted salga de aquí, Diablo de los infiernos.» No dijiste que lo reprendía en mi nombre. Deseaste reprender con tu propia autoridad.

—¡Pero Señor! En tu palabra está escrito que ha sido dada toda autoridad a tus discípulos.

—Esto realmente está escrito. Sin embargo, la autoridad está en mi nombre, Jesucristo, y no en las propias palabras. Si buscases más conocimiento en la Biblia, sabrías eso.

Juan quedó sin respuesta, se postró y dijo con humildad:

—Perdóname, Señor, soy pobre y necesito tu misericordia y amor.

Jesús contestó con satisfacción:

—Ahora te has comportado como un verdadero siervo de Dios.

Juan se levantó y dijo:

—Señor, tengo una duda.

—Dime.

—Pensé que el Diablo era feo, ¿comprendes? Aquella cosa de cuernos, cola y tridente. En fin, creía que él iba a aparecer como en una película de terror. Sin embargo, él apareció así, bien vestido. —Juan apuntó al Diablo.

Jesús contestó:

—Juan, esta duda, él mismo te va a explicar.

El Diablo empieza a hablar con aires de superioridad:

—Juan, yo, el Diablo, siempre muestro mi mejor cara cuando quiero conquistar a la gente. Estas historias que soy feo son una gran mentira. Si yo fuera feo, nadie vendría a mí y haría mi voluntad. —El Diablo se acerca a Juan y dice—: Tengo muchas caras, incluso de una mujer muy hermosa, se tiene interés…

Juan quedó interesado y dijo:

—Una mujer muy hermosa, ¿en serio?

Jesús miró hacia Juan y dijo en tono de reprobación:

—La gente se deja llevar hacia el mal camino por tan poco.

Juan intentó justificarse:

—¡No, Señor Jesús! Solo estaba curioso, no iba a dejarme llevar.

Jesús contestó con firmeza:

—Juan, no trate de engañarme ni engañarse, conozco las

intenciones más profundas de tu corazón.

Juan quedó pensativo y en silencio.

El Diablo se postró ante Jesús y dijo:

—Señor Jesús, con permiso.

Jesús gira hacia Satanás y dice:

—Satanás, ¿por qué me perturbas?

Satanás dice en tono de reproche:

—Señor, tu siervo me está difamando. ¡Él está haciendo acusaciones de cosas que no pensé ni hice contra él!

Juan interrumpió exaltado:

—¡No le creas, Señor! ¡Él es el padre de la mentira!

Jesús contestó firmemente:

—¡Quédate quieto, Juan! ¡Sé de todo! Tú, en la condición de pecador, ¿quieres enseñarme cómo ser un cristiano?

Juan estaba avergonzado y contestó:

—Perdóname, Señor. Ha sido solo la fuerza del hábito.

Jesús continuó:

—Satanás, ¿lo que dijiste tiene relación con los problemas de su vida y que él siempre dice ser tu culpa?

—¡Exactamente, Señor Jesús!

Juan se exaltó e interrumpió nuevamente:

—¡Él tiene la culpa! ¡Todo mal que ocurre en mi vida es obra del enemigo!

El Diablo retruca:

—¿Acaso parezco un constructor, para hacer obra en la vida de la gente? Eh, cada uno con sus problemas.

Juan continuó con firmeza:

—¡Mentiroso!

Jesús lo interrumpe y dice:

—¡Juan, quédate quieto ahora!

—Vale, Señor —Juan contestó con temor.

Jesús continuó:

—Juan, sé de todos tus pensamientos y entiendo que tú realmente crees que el Diablo es el culpable por tu situación. Por más que él esté dispuesto a matar, robar y destruir, existen cosas que son consecuencias de tus acciones y decisiones.

El Diablo dijo:

—Ahora que Jesús habló, espero que usted crea.

Jesús dijo:

—Por más que esté hablando, sé que él no creyó fielmente. Siendo así, voy a mostrarlo.

El Diablo dijo nervioso:

—¡Esta raza humana es muy incrédula! Desde el principio es necesario que todo sea revelado en los más mínimos detalles. Solo el Señor y tu Padre, para tener paciencia con ellos.

Juan no había comprendido las palabras de Jesús y preguntó:

—Señor, ¿mostrarme? ¿Cómo?

—Juan, háblame cómo está tu vida y vamos a ver lo que justifica cada situación.

—Vale, Señor. Mi vida está muy difícil. Mi matrimonio está muy complicado, mi empleo está colgando de un hilo. Tengo muchas deudas, el devorador está arruinándome. Siempre tengo impedimentos para ir a la iglesia y participar de la obra. Y mi salud está muy debilitada. ¿Y todo eso es culpa de quién? Del Diablo.

El Diablo contestó nervioso:

—Jesús, estos tus hijos siempre hacen la misma cosa. Ellos tienen que poner la culpa en otros, empezó en Jardín del Edén, Adán culpó a Eva, ella culpó a la serpiente. Es increíble como ellos siempre tienen excusas para justificar sus propios errores…

—¡Satanás, lo sé todo eso! —dijo Jesús—. Yo y mi Padre aún les amamos y esto es algo que nunca entenderás.

Juan preguntó:

—Entonces, Señor, ¿lo qué dije nos es culpa del Diablo?

—Juan, vamos a analizar cada cosa que dijiste. Primeramente, hablaste acerca de tu matrimonio. Vamos a llamar a alguien muy importante para testificar acerca de tus palabras. Viviana, ven aquí, por favor.

Ella apareció de repente. Una mujer muy hermosa, morena clara, altura mediana, cuerpo definido, pelo rizado por los hombros y ojos azules. Ella se postra ante Jesús y dice:

—Aquí está tu servidora, Señor.

Ella se levantó, se dirigió a Satanás y dijo con autoridad:

—¡Yo te reprendo demonio! ¡Vuelva al infierno en el nombre de Jesús!

Y Satanás desapareció gritando:

—¡Nooooo!

Juan dijo:

—Mi amor, ¿cómo supiste que él era Satanás?

—El Espíritu Santo me ha revelado.

Jesús dijo a Viviana:

—Muy bien, sierva fiel. Sin embargo, él estaba aquí bajo mi permiso. Satanás, puedes regresar.

Satanás regresó diciendo furiosamente:

—¡Estos siervos de Jesús siempre hacen la misma cosa! Siempre me envían al infierno. ¡Es muy difícil!

Jesús continuó:

—¿Cómo es tu matrimonio?

Viviana dijo en tono desalentado:

—¡Mi Señor Jesús! —Viviana suspiró—. Las cosas están muy complicadas. Juan prácticamente no habla conmigo. Cuando llega del trabajo, no me da un beso ni dice que me ama ni hace nada para agradarme.

—¿Y él siempre se comporta así?

—Sí, Señor. Es siempre la misma cosa. Él llega quejándose de todo. Él no nota en mí ni en lo que hice para él. Todo el día, él se sienta en el sofá y se queda todo el tiempo en el móvil, hablando con unas amigas y compañeras de trabajo. Hay momentos en los que parece que ellas son más importantes que yo.

—Además, ¿qué más hace o no hace?

—Señor, él nunca me elogia, nunca dice una palabra de cariño. Él solo sabe quejarse y maldecirme. Él siempre dice que no sé hacer nada y que debería aprender con su madre. Y lo peor, cuando salimos a la calle, él siempre nota en otras mujeres, y él lo hace descaradamente. Es tan descarado que, si ve a una cabra con falda, podría pensar que es bonita y mirarla.

Juan estaba impresionado con las palabras de su esposa.

Jesús abrazó a Viviana y dijo con confianza:

—Hija mía, muchas gracias por tus palabras. Vete en paz y no desista. Tu marido va a cambiar.

—Muchas gracias, mi Señor.

Viviana desapareció.

Jesús continuó:

—Juan, ¿dónde qué el Diablo participó en todo esto? No he visto ninguna acción de él, todo qué pasó hiciste por tu propia voluntad.

Juan estaba sin respuesta y trataba de justificarse:

—¡Pero Señor! Es que… El cuerpo… Es… Débil.

Juan, yo dije: «Estén alerta y oren para que no caigan en tentación. El espíritu está dispuesto, pero el cuerpo es débil[12].» He dicho para estar alerta y orar para fortalecerse. No lo dije para tener una excusa para dejarse llevar por tus deseos.

Satanás dice a Juan:

—Dije que no soy responsable de lo que pasa en tu vida.

---

[12] Mateo 26:41, Marcos 14:38
En estos dos textos, Jesús resalta la importancia de estar alerta y orar en todas las situaciones. El espíritu está dispuesto a todo, sin embargo, el cuerpo físico es débil y puede ceder a las tentaciones.

Juan contesta avergonzado:

—En este punto, usted tiene razón.

Y Jesús dice:

—Vamos a analizar la próxima situación que dijiste, tu empleo.

—¡Señor! —dijo Juan con aflicción—. Allí hay mucha pelea y persecución.

Satanás dijo irónicamente:

—Esto tiene otro nombre…

Jesús dijo:

—Vamos a hablar con tu superior para ver lo que dice. Alejandro, ven aquí, por favor.

Él apareció de repente. Un hombre de mediana edad, blanco, con piel muy clara, alto, un poco de sobrepeso, pelo corto marrón claro y ojos marrones claros. Él se postra ante Jesús y dice:

—Aquí está tu servidor, Señor.

Él se levantó, se dirigió a Satanás y dijo con autoridad:

—¡Yo te reprendo Satanás! ¡Vuelva a lo más hondo del infierno en el nombre de Jesús!

Y Satanás desapareció gritando:

—¡Nooooo!

Juan dijo:

—Alejandro, ¿cómo supiste que él era Satanás?

—El Espíritu Santo me ha revelado.

Jesús dijo a Alejandro:

—Muy bien, siervo fiel. Sin embargo, él estaba aquí bajo mi

permiso. Satanás, puedes regresar.

Satanás regresó quejándose:

—¡Me han expulsado otra vez! Está difícil mantener una conversación razonable.

Jesús dijo a Alejandro:

—¿Cómo es el trabajo de Juan?

—Vea, Señor. Juan es un buen empleado, sin embargo, él no cumple sus obligaciones.

—¿Podrías explicarnos mejor?

—¡Por supuesto! Vea, casi todos los días él llega retrasado al trabajo, él no tiene ningún compromiso con el horario. Y siempre usa la misma excusa: «¡El tráfico estaba horrible!» —dijo irónicamente—. O entonces, él dice: «Mi auto tuvo un problema.» Señor, intento comprender su lado, pero él es el empleado que vive más cerca de la compañía y el que más se retrasa.

—Además de eso, Alejandro, ¿cómo es su desempeño?

—Cuando quiere, trabaja muy bien. Hace todo en el plazo correcto, sin errores e incluso añade algo además de lo que ha sido demandado. Pero cuando no quiere… Eh… No hay manera, él se retarda, habla que está muy difícil, hace la tarea incompleta.

—¿Y piensas en despedirlo?

—Señor, infelizmente es una posibilidad. Hasta los otros empleados se sienten incomodados con su comportamiento. Todos preguntan por qué él aún está empleado. Sigo aguantando y dando más una oportunidad para ver si él va a mejorar.

Jesús abrazó a Alejandro y dijo con confianza:

—Muchas gracias por tu información. Vete en paz y no desista. Juan va a cambiar.

—Muchas gracias, Señor.

Alejandro desapareció.

Satanás dijo irónicamente:

—Nuevamente, no tengo culpa de tu mala vida. Es usted mismo que busca tus propios problemas.

Juan estaba bastante constreñido y no tenía respuesta.

Jesús dijo:

—Juan, así está en las Escrituras: «El que no quiera trabajar, que tampoco coma[13].» Necesitas tener compromiso con tu trabajo y no ser perezoso y descuidado, eso es un pésimo testimonio para un cristiano.

—¡Pero Señor!

—¡Pero nada! Estás equivocado y lo sabes. No trates de decir excusas tontas.

Juan bajó la cabeza y dijo:

—Vale, Señor. Reconozco mi culpa.

—Muy bien, este es el comienzo para tu cambio. Vamos a proseguir con lo que dijiste: «Tengo muchas deudas, el devorador me está arruinando.»

---

[13] 2 Tesalonicenses 3:10. El apóstol Pablo resalta la importancia del trabajo como manera de mantener el propio sustento. Aquellos que no quieren trabajar, no pueden comer.

—¡Ja! ¡Ja! ¡Ja! —Satanás interrumpió con una carcajada y dijo—: Señor Jesús, ¿él realmente cree con todo el corazón en esta historia de devorador y que soy el responsable de las deudas?

—Sí, Satanás. Él cree firmemente en esto.

—¡Ja! ¡Ja! ¡Ja! —Satanás carcajeó más una vez y dijo—: Es cada cosa que soy obligado a oír. Si no lo conociera, diría que él no tiene una Biblia ni un excelente pastor para explicarle todo esto.

Juan estaba enojado con las palabras de Satanás y dijo:

—Pero Señor, ¡es su culpa él! Aún entregando el diezmo y las ofrendas, él me está atacando, impidiendo que disfrute lo mejor de esta tierra.

—¡Ja! ¡Ja! ¡Ja! —Satanás carcajeó nuevamente y dijo—: Perdóname, Señor, no pude contenerme.

—Juan —dijo Jesús—, las cosas no funcionan así. Dar diezmos y ofrendas no impide que el dinero sea gastado de manera irresponsable. Y para comer lo mejor de esta tierra necesitas mucho trabajo duro, cosa que ya vimos que no lo haces.

Juan estaba avergonzado y dijo desalentado:

—Sí, Señor. Comprendo.

—Vamos a analizar tu vida financiera para esclarecer lo que está pasando. Para ayudarnos vamos a llamar Rodrigo, tu mejor amigo. Rodrigo, ven aquí, por favor.

Él apareció de repente. Un hombre con la misma edad de Juan, moreno oscuro, alto, delgado, pelo corto negro y ojos marrones oscuros. Él se postra ante Jesús y dice:

—Aquí está tu servidor, Señor.

Él se levantó, se dirigió a Satanás y dijo con autoridad:

¡Yo te reprendo demonio! ¡Vuelva al infierno en el nombre de Jesús!

Y Satanás desapareció gritando:

—De nuevo, ¡noooooo!

Juan dijo enfadado:

—¡Señor, no hay manera de que el Espíritu Santo lo haya revelado a él sobre Satanás, mi amigo es católico!

Jesús sacudió la cabeza en señal negativa y dijo:

—Además de todo que haces mal, aún tienes este tipo de pensamiento. Él tiene fe verdadera en mí y en mi Padre. Y sí, ha sido el Espíritu Santo que reveló todo a él.

Jesús dijo a Rodrigo:

—Muy bien, siervo fiel. Sin embargo, él estaba aquí bajo mi permiso. Satanás, puedes regresar.

Satanás regresó quejándose nuevamente:

—¡A todo momento alguien me envía al infierno! ¡De esa manera está muy complicado!

Jesús dice a Rodrigo:

—¿Cómo describes la vida financiera de Juan?

Rodrigo suspiró y dijo:

—Señor, él es muy complicado.

—¿Complicado? ¿Cómo?

—Juan es una buena persona, un amigo cercano, sin embargo, hay momentos en que él parece ser adicto a las compras. Prácticamente todos los meses él aparece con un nuevo teléfono móvil, y no es porque el antiguo está roto ni algo así, es todo porque él quiere estar a la moda y al día con el último lanzamiento.

—Además de los teléfonos móviles, ¿él compra algo más innecesario?

—Sí, Señor. Él compra muchas cosas innecesarias. Juan compra mucho más zapatos que necesita, creo que está llegando a unos treinta pares. Ropa, solamente de marcas caras, él llegó a comprar un pantalón que costó casi un mes de sueldo. Y hay el más grave y caro, él cambia de coche todos los años.

—¿Y cómo crees que eso perjudica a Juan?

—Él no puede pagar ninguna factura a tiempo, siempre paga cuando ya están acumulando dos o tres facturas retrasadas. Por causa de esto, su esposa siempre discute con él. Pero él no oye y no cambia. Es una situación muy complicada.

—Comprendí.

Jesús abrazó a Rodrigo y dijo con confianza:

—Muchas gracias por tu esclarecimiento. Vete en paz y no desistas. Juan va a cambiar.

—Gracias, Señor.

Rodrigo desapareció.

Satanás se dirigió a Juan acusándolo:

—Usted me está acusando de ser el devorador de tu dinero, sin embargo, ¡el verdadero devorador aquí es usted! Gastando de esta manera no hay salario que aguante.

Juan miró a Jesús con esperanza que le dijera algo consolador y Jesús dijo en tono de reproche:

—Juan, no sirve de nada esta expresión de desvalido. Infelizmente, esto es verdad. No tienes la más mínima responsabilidad con la administración de tu dinero, se asemeja a un niño en una tienda de juguetes, todo lo que ves, quieres llevar.

Juan contestó desalentado:

—Es verdad, Señor, no tengo disciplina con mi dinero. Tengo que mejorar.

Percibiendo que todo en su vida había sido culpa de sus propias acciones, Juan hace un pedido a Jesús:

—Señor, ya he visto que todo lo que está pasando es mi propia responsabilidad, creo que ya podemos parar.

—¡De ninguna manera! —Satanás interrumpió de manera furiosa—. Usted me acusó y calumnió, ¡ahora es el momento de ser confrontado con la verdad!

—¡Pero Señor! —dijo Juan mirando a Jesús—. Ya aprendí mi lección.

Jesús contestó:

—Juan, en este momento aprendiste parte de la lección, necesitas proseguir hasta el final de lo que dijiste, para que aprendas todo.

Juan contestó desalentado:

—Sí, Señor.

Jesús prosiguió:

68

—Ahora vamos a ver lo que haces para que tu salud esté tan debilitada. Para este análisis, eres tú mismo el que nos esclarecerá.

—Vale, Señor.

—Juan, ¿cuándo fue la última vez que fuiste a un médico?

Juan no comprendió la razón de la pregunta:

—El Señor ya sabe todo. ¿Por qué tengo que contestar?

—Necesitas contestar para que tú mismo escuches lo que estás diciendo.

—Vale, Señor. Fui al médico hace unos cinco años.

Jesús hizo una expresión de sorpresa y dijo:

—¿Cinco años? ¡Esto es mucho tiempo! De esa manera no puedes hacer un acompañamiento acerca de tu salud. Deberías ir al médico por lo menos una vez al año, o entonces, cuando sintiera que algo está mal.

—Es verdad, Señor.

—¿Y cómo describes tu alimentación?

—Señor, como casi todo, excepto frutas y vegetales, a mí no me gustan. Prefiero carnes, sándwiches, dulces y cuando compro vegetales, me gusta la papa y la mandioca frita, alimentos que me sustentan.

—Pero sabes que esta clase de alimentación es perjudicial a la salud. Necesitas comer alimentos saludables, para que tu cuerpo esté bien nutrido de vitaminas.

Juan quedó pensativo y dijo:

—Es verdad, Señor.

—Juan, ¿haces algún ejercicio?

—No, Señor.

—Veamos cómo está tu vida. No vas al médico, no tienes una alimentación saludable, no haces ejercicios. Por estas razones tu salud está de esta manera.

Satanás interrumpió:

—Juan, agradezca a Jesús por aún estar vivo, hay gente que por mucho menos que esto ya está hospitalizada y aún muerta. Es por la misericordia de Dios que usted aún está vivo.

Jesús dice:

—Estás viendo. Hasta él sabe reconocer el amor de Dios en la vida de la gente, deberías hacer lo mismo.

Juan notó que más una vez su vida estaba así debido a sus propias actitudes.

Jesús dijo:

—Ahora, vamos a ver la última parte de tu habla, la falta de tiempo para buscar a Dios.

Satanás dijo:

—Este está más lejos de Dios de lo que piensa.

Reconociendo sus propios errores, Juan dice humildemente:

—Señor, sé que no soy un buen cristiano y necesito mejorar en muchos aspectos, te pido un poco más de misericordia y paciencia, pues voy a cambiar. Ahora, muestra lo que he hecho mal.

Jesús estaba admirado con las palabras de Juan y dijo:

—Juan, ahora tú aprendiste verdaderamente acerca de tu

responsabilidad. Para finalizar, vamos a llamar a tu pastor, para esclarecer acerca de la falta de tiempo para buscar a Dios. Mateo, ven aquí, por favor.

Él apareció de repente, se postró ante Jesús y dijo:

—Señor Jesús, aquí está tu servidor.

Él se levantó y miró a Satanás, este pensó:

«Aquí vamos de nuevo.»

Cuando iba a reprenderlo, Jesús lo interrumpió:

—Mateo, no necesitas reprenderlo. Él está aquí bajo mi permiso. Y solo hoy, él ha sido enviado al infierno tres veces.

—Vale, Señor.

Satanás dijo aliviado:

—¡Uf! Si alguien más me enviase al infierno, no volvería.

Juan estaba impresionado con aquello y dijo:

—Pastor Mateo, ¿cómo sabías que él era Satanás?

—En el momento que entré, el Espíritu Santo me ha revelado que él era el Diablo.

Juan dijo:

—Cuando lo vi, no lo reconocí como Diablo y cuando intenté reprenderlo, él no salió de mi presencia.

Mateo contesta irónicamente:

—Ni siquiera imagino la razón.

Jesús dijo:

—Mateo, estamos aquí en un tipo de audiencia acerca de la vida de Juan.

—¿La audiencia es por causa de las quejas de Juan acerca del ataque del enemigo en su vida?

—¡Exactamente eso!

Juan estaba espantando y preguntó:

—¿Cómo lo supiste, pastor? ¿El Espíritu Santo también te ha revelado?

—No, esto deduje a partir de lo que conozco de ti. Siempre estás quejándose del enemigo en tu vida y nunca paraste para pensar en tus propias actitudes. Siempre te digo esto, sin embargo, no crees.

—Es verdad, pastor, tienes razón. Jesús ya me ha mostrado el cuánto soy culpable por lo que pasa en mi vida. Aprendí mi lección.

—Esto es genial. Me gustaría que me hubieras escuchado cuando dije.

Jesús dijo:

—Mateo, ahora, dime cómo es la vida cristiana de Juan.

—Sí, Señor. Juan es un cristiano Silvio Santos[14], pues acude solo el domingo y a veces, ni esto. Él siempre tiene algún compromiso en los horarios de las actividades de la iglesia. Una vez, él no fue a la iglesia el miércoles porque el partido de su equipo de fútbol favorito era en el mismo horario.

—Vale. Además de no ir a los servicios, ¿él falla en algo más?

—Sí. Él nunca va a la escuela bíblica. Otra cosa que él hace mucho es sacar unos textos aislados de la biblia y tratar de aplicar a su vida

---

[14] Silvio Santos es el más famoso presentador de programas de televisión en Brasil. Él siempre ha tenido programas a los domingos.

en el sentido literal, es nítido que él ni buscó leer la biblia para comprender el contexto.

Jesús abrazó a Mateo y dijo con confianza:

—Muchas gracias. No desista. Él va a cambiar.

Mateo miró a Satanás y después miró Jesús, lo cual dijo:

—Sí, Mateo, puedes hacerlo.

Satanás dijo:

—¡Aquí vamos de nuevo!

—¡En el nombre de Jesús! ¡Vuelva al infierno!

Satanás desapareció gritando:

—¡Noooooo!

Mateo desapareció.

—Juan, analizamos todos los aspectos de tu vida. Y tú mismo has visto que todo lo que pasa es consecuencia de tus actos. Entonces, cambia tus actitudes para tener una vida diferente, pues un día, puede ser demasiado tarde…

Jesús empezó a caminar y Juan intentó seguirlo, pero no pudo andar.

Juan suplicó a Jesús:

—Señor, vuelva, ¡necesito tu ayuda!

—Juan, siempre estaré contigo, solo tienes que saber oír mi voz…

Agradecimiento

Los sitios abajo contienen una gran cantidad de información y conocimientos útiles para la traducción y escritura del libro.

Behind the Name

Google Docs

Google Translator

RAE

Spanish checker

Wikipedia

Agradezco al sitio Pexels y al autor Pixabay por la imagen base de la portada.

Agradecimiento especial

Agradezco a Dios que me capacitó y me dio inteligencia para escribir este libro.

Acerca del autor

Rafael Henrique dos Santos Lima

Brasileño, graduado en Procesos Gerenciales y M.B.A. en Gestión Estratégica de Proyectos en el Centro Universitario UNA. Cristiano por la Gracia de Dios. Amante de la escritura (Español, Inglés, Portugués), poeta y escritor romancista.

Contactos

rafael50001@hotmail.com

rafaelhsts@gmail.com

Blog: escritorrafaellima.blogspot.com